COLLECTION FOLIO

Didier Daeninckx

TIGNOUS

Corvée de bois

Gallimard

Ce livre a paru pour la première fois
en 2002 aux Éditions Liber Niger / Les 400 coups.

Didier Daeninckx est né en 1949 à Saint-Denis. De 1966 à 1982, il travaille comme imprimeur dans diverses entreprises, puis comme animateur culturel avant de devenir journaliste dans plusieurs publications municipales et départementales. En 1983, il publie *Meurtres pour mémoire*, première enquête de l'inspecteur Cadin. De nombreux romans suivent, parmi lesquels *La mort n'oublie personne*, *Cannibale*, *Itinéraire d'un salaud ordinaire*, *Camarades de classe*, *Missak*, *Galadio*, *Le banquet des affamés* et *Corvée de bois* en collaboration avec TIGNOUS. Écrivain engagé, Didier Daeninckx est l'auteur de plus d'une cinquantaine de romans et recueils de nouvelles.

Diplômé de l'école Boulle, celui qui ne signe pas encore TIGNOUS mais qui est déjà une « petite teigne » choisit pourtant de poursuivre le dessin.

Il fera partie de l'équipe fondatrice de *La Grosse Bertha* puis de celle qui a remonté *Charlie Hebdo* en 1992, et sera un des premiers dessinateurs de l'hebdomadaire *Marianne*, publications auxquelles il a toujours continué de collaborer.

Il a participé à de nombreuses publications aussi bien hebdomadaires que mensuelles (*L'Humanité*, *Fluide glacial*, *L'Impatient*, *Le Magazine littéraire*...).

Fourmillant d'idées et d'envies, il a aussi publié plusieurs recueils de dessins et a inventé un style graphique, la « BD-documentaire-récit », avec *Le procès Colonna* pour lequel il a reçu le prix France Info de la bande dessinée d'actualité et de reportage 2009.

De nombreuses expositions de ses dessins ont été présentées aussi bien en France qu'à l'étranger, ainsi que des participations à des expositions thématiques et collectives.

Il a été assassiné le 7 janvier 2015 lors de l'attentat visant *Charlie Hebdo*.

Avant-propos

Avec TIGNOUS, nous étions voisins. Lui Montreuil, moi Aubervilliers.

On se croisait le plus souvent en battant le pavé parisien pour protester contre une expulsion, garantir les droits d'un plus faible, crier notre colère au moment d'un massacre.

Il baladait son sourire de groupe en groupe, le carnet de dessin à la main, croquant les situations, glanant les reparties qui font mouche.

On se disait chaque fois qu'il fallait qu'on bosse ensemble.

L'occasion est venue de Toulouse en 2002 : une petite maison d'édition, Liber Niger, voulait favoriser la rencontre du roman noir et du dessin acide.

Je lui ai proposé un récit qui évoquait l'itinéraire d'un jeune homme blagueur que l'Histoire, n'en faisant qu'une bouchée, transformera en boucher.

Il y était question d'Algérie, de censure, de pauvres gens persécutés, d'un journaliste assassiné, sous un titre, *Corvée de bois*, qui signifie « Innocent exécuté »...

Ce livre est devenu très vite introuvable, et la dernière fois où nous nous sommes vus, trois mois avant que la réalité ne rejoigne la fiction, c'est de ce travail en commun que nous avons parlé.

Le jeudi 8 janvier 2015 en fin de matinée, quelques heures seulement après l'attaque meurtrière contre la rédaction de *Charlie Hebdo*, je me trouvais sur une table d'opération, le cœur en morceaux.

Le chirurgien s'est penché vers moi, auréolé par la lumière froide de la lampe, pour me dire que lui et son équipe avaient un problème. Inquiet, j'ai réussi à demander : « Lequel ? » Il m'a répondu : « Il est presque midi, et si ça ne vous gêne pas, nous voudrions faire la minute de silence en mémoire des journalistes assassinés. » Je leur ai parlé de TIGNOUS et eux de Georges Wolinski, dont ils avaient réparé le palpitant quelques mois plus tôt.

Quand j'y repense aujourd'hui, je me dis que, lors de cette minute, nous étions vraiment Charlie.

D. D.

1

Quand j'ai connu Jacques, il y a seulement trois ans, il rêvait de diriger une clinique chirurgicale et se servait de ses couverts et de son steak, le midi, pour mimer des transplantations d'organes. Au début de l'année suivante, il parlait d'un cabinet de médecin. À l'approche de l'été une simple plaque de dentiste aurait fait l'affaire. Aujourd'hui, je me demande s'il parviendra à passer son diplôme de vétérinaire ou s'il se contentera de reprendre la boucherie chevaline de son père, place des Ternes. Ce n'est pas qu'il refuse les études, ce sont elles qui se refusent à lui. La vie est généreuse, et il trouve toujours une excuse pour sécher un exposé.

— Quelle idée ont-ils eue, me dit-il souvent quand nous remontons le boulevard Saint-Germain, de planter la fac de médecine à proximité des Deux Magots, de Lipp, du Flore, du Montana ! C'est là qu'on prend soin des corps, pas dans les amphis ! Tu devrais te lancer dans une thèse sur la décadence du génie national sous l'influence pernicieuse des lieux

MAISON DE CONFIANCE
BOUCHERIE CHEVALIN

de débauche, au lieu de t'abîmer les yeux sur tes vieux romans aux odeurs de cuir rance.

J'ai rapidement renoncé, pour lui prouver que l'on pouvait concilier la fréquentation des tavernes et celle des cours magistraux, à lui opposer les noms de Villon, de Rabelais, celui du cabaret de La Pomme de Pin. Jacques n'existait que dans le temps immédiat. Tout ce qui précédait l'année cinquante appartenait, dans son esprit, à la préhistoire. Ce soir-là, nous ne savions ni l'un ni l'autre que les heures qui allaient suivre devaient décider de notre avenir. Je l'attendais adossé au socle d'Hugo, place de la Sorbonne, après avoir assisté à une communication du professeur Soulat sur les implications comparées de la littérature épistolaire et du journal intime. Je commençais à trouver le temps long, quand une fourgonnette Frégate noire dont l'arrière avait été aménagé en corbillard, s'est arrêtée sur le boulevard Saint-Germain. La carrosserie morbide mais rutilante, déplacée en ces lieux, a aussitôt capté l'intérêt des passants, des dizaines de personnes attablées derrière les vitres des cafés. Le conducteur, un homme élégant au visage masqué par la visière de sa casquette, est descendu du véhicule une couronne de fleurs dans les bras. Il s'est dirigé droit sur la statue, par longues et lentes enjambées, pour venir déposer son hommage dans l'ombre du poète. Je l'ai reconnu lorsqu'il a ôté son couvre-chef pour simuler une minute de silence. J'ai failli éclater de rire.

— Jacques ! C'est quoi cette mascarade ?

Pour toute réponse, il s'est approché de moi, m'a serré la main, comme si j'étais un parent du disparu,

puis il m'a plaqué contre sa poitrine pour les condoléances en chuchotant :

— Arrête de te marrer et suis-moi…

Je lui ai emboîté le pas au travers de la place jusqu'à la voiture, et il n'a pas pu s'empêcher, en démarrant, de klaxonner les cinq notes brèves et les deux longues de « ta-ta-ta-ta-ta-tsoin-tsoin ».

— Pourquoi tu as fait ça ?

Il a pilé au feu tricolore de la fontaine Saint-Michel, laissant de la gomme sur les pavés.

— Pour rien. Quand on a du temps devant soi, il faut se fabriquer des souvenirs, ça peut servir, plus tard...

On a passé la Seine, longé le palais de justice.

— Cette bagnole, c'est un vrai corbillard ?

— Tout ce qu'il y a de plus authentique ! Mon père a fait une crise sous prétexte que j'ai froissé une aile de sa DS, la semaine dernière. J'ai été forcé de me rabattre sur l'outil de travail du tonton... Lui aussi, il fait fortune dans la viande froide.

Boulevard Sébastopol, la Frégate s'est frayé un chemin au milieu des charrettes à bras que les maraîchers et les fruitiers des Halles venaient entreposer sur le plateau Beaubourg. Je me suis retourné et j'ai cogné comme à une porte sur la planche vernie rehaussée de cuivre.

— J'espère qu'il n'y a personne, derrière...

— Je ne sais pas : je n'ai même pas pensé à regarder ! J'aurais pourtant dû : dans l'argot des croque-morts, un corbillard ça s'appelle aussi une pochette-surprise !

À la hauteur du siège social des établissements Félix-Potin, Jacques a tendu le doigt vers trois vieilles

putains qui maraudaient devant une vitrine surmontée d'un calicot : « Soldes, tout doit partir ».

— On a un peu de temps devant nous, tu veux profiter de l'aubaine ?

Il savait que je n'étais pas très à l'aise sur le sujet et ne manquait pas une occasion de me mettre à

l'épreuve. J'ai plaqué ma joue sur la vitre pour faire refluer la chaleur qui la gagnait, tandis qu'il dépassait la rue Blondel peuplée de sa cohorte d'amazones. Dix minutes plus tard, Jacques s'est garé devant un cinéma des boulevards qui affichait Fernandel. La vue du char funèbre provoquait chez les passants cette sorte de fascination qu'on a au bord des précipices : on se laisse griser par l'ivresse du vide dès lors que l'on est assuré d'en revenir. Un vendeur ambulant m'a compté une mesure de marrons grillés dans la page d'un vieux *Détective* roulée en forme de cornet où se lisait, de biais, « Je me sacrifie pour les miens » sous une photo de Gaston Dominici. J'ai décortiqué les châtaignes brûlantes tout en progressant dans la foule jusqu'au boulevard des Capucines. Bâton blanc à la main, une quinzaine de gardiens de la paix canalisaient les gens qui se massaient devant l'entrée de l'Olympia pour acheter des places. Jacques s'est faufilé jusqu'au couloir qui menait à la salle en brandissant ses billets par-dessus les têtes. Une ouvreuse habillée de rouge nous a accompagnés jusqu'aux fauteuils d'orchestre qui nous étaient réservés. C'était la première fois que je venais là, mais j'avais l'impression d'être en terrain familier tant le Tout-Paris, depuis deux ans, bruissait des soirées d'anthologie mêlant numéros visuels haut de gamme et tours de chants qui s'y déroulaient. J'ai applaudi aux manipulations de l'illusionniste, à la grâce de la trapéziste sans, par la suite, partager l'enthousiasme de Jacques pour le groupe New Orleans de Claude Luter : adepte du be-bop, je supportais tout juste le folklore de Sidney Bechet. Je me suis levé, à l'unisson des trois mille spectateurs présents. Transfiguré, je me suis mis à hurler son nom dès que le mouvement des rideaux a donné naissance à sa silhouette :

— Bécaud, Bécaud, Bécaud…

Il a esquissé quelques pas de danse avant de s'installer au piano. Un projecteur est allé chercher dans la nuit les doigts fébriles qui pesaient sur les touches.

Mes mains dessinent dans le soir
La forme d'un espoir
Qui ressemble à ton corps…

Il fallait tout le mordant de l'orchestre pour s'imposer aux applaudissements qui, sinon, auraient duré plus de temps que les chansons. Je n'avais jamais assisté à rien de tel, les paroles étaient sur toutes les lèvres et chaque geste du chanteur semblait trouver un écho dans le corps de chacun des spectateurs, comme un tressaillement de l'océan apporte des vagues sur une multitude de rivages. À la fin de son tour de chant, personne ne se résolvait à le voir disparaître dans les coulisses. Au dixième rappel Bruno Coquatrix, le directeur de l'Olympia, est venu sur le plateau pour l'embrasser.

— Je crois que ce soir encore, Gilbert a été à la hauteur de son surnom de « Monsieur 100 000 volts »…

Une cinquantaine d'admiratrices ne lui ont pas laissé le loisir de terminer son compliment, et se sont ruées vers les escaliers étroits placés de part et d'autre de la scène qu'elles ont envahie. Les machinistes firent aussitôt descendre le rideau de fer tandis que des membres du service de sécurité protégeaient la retraite de la vedette vers les loges. Par dépit, l'un de mes voisins se mit debout sur son siège de velours et commença à sauter dessus à pieds joints jusqu'à ce que l'armature se relâche et finisse par céder. Alors, il arracha l'assise et la projeta violemment contre la paroi métallique qui isolait hermétiquement la salle du plateau. Il fut bientôt imité par des dizaines d'admirateurs de Bécaud, les jeunes femmes prêtant volontiers leur concours au saccage. Les filantes rouges des coussins zébrèrent en tous sens le ciel du music-hall. J'avais lu quelque part que le sens moral d'une foule devient dangereusement inférieur à la moyenne des gens qui la composent, mais je ne m'en suis pas souvenu sur le moment. Je me suis contenté d'appliquer le théorème en faisant voler un accoudoir d'un coup de talon tout en reprenant en chœur le refrain qui montait de la salle :

Et moi, pauvre de moi, j'ai ma croix dans ma tête…

Nous avons reflué vers la sortie. Jacques s'est arrêté dans le long couloir qui menait au boulevard pour briser une vitrine derrière laquelle étaient exposées des photos du chanteur que nous avons décrochées. L'opération n'a demandé qu'une petite minute mais la police l'a mise à profit pour boucler

le secteur, nous interdisant tout espoir de fuite. Quand nous nous sommes retournés, notre seul horizon avait pris la couleur sombre des pèlerines. Les portes arrière du fourgon grillagé se sont refermées sur nous, comme des parenthèses métalliques.

Le temps de faire le tour du pâté de maisons, le panier à salade s'est placé à cul devant la porte basse du commissariat niché dans un des recoins de l'Opéra Garnier. Pas de marbre ni de dorure. Les seuls éclats de voix étaient ceux des flics bousculant les suspects ou que poussaient ces derniers pour supporter les coups. Après avoir relevé notre identité, on nous a laissés mariner dans le froid, le vomi et la pisse jusqu'au petit matin, accroupis dans une cage. Un policier qui devait avoir notre âge est venu nous en extraire, fripés, nauséeux. Il nous a conduits devant l'inspecteur de permanence, un type sec, aux pommettes saillantes sur lesquelles était posé un regard de poisson mort. Il a trituré nos papiers, nos cartes d'étudiants, les photos de Bécaud.

— Elle est belle, la relève ! Vous avez le privilège d'étudier à la Sorbonne, à la faculté de médecine, et vous ne trouvez rien de mieux à faire que de vous comporter comme des voyous. Dégradation de biens privés, saccage, vol… Vous savez combien ça coûte ?

C'est une des rares fois où j'ai vu Jacques manquer de repartie. L'inspecteur a hoché la tête.

— Vous avez vingt-trois ans, tous les deux. C'est un âge où il faut évacuer le trop-plein de vitalité. Je veux bien passer l'éponge, considérer qu'il s'agit d'un accident, mais comme je ne souhaite pas qu'il se reproduise, je vais simplement vous demander de mettre un terme à votre sursis

d'incorporation. On a besoin d'hommes jeunes et fougueux. En Algérie.

Il était quatre heures quand on a repris le corbillard garé le long des boulevards. Sur l'affiche du cinéma, Fernandel riait de toutes ses dents.

2

Le policier a tenu parole, et personne n'a su à la maison que je rejoignais l'armée pour échapper à la prison. Il y a eu des larmes sur les joues de ma mère, de la fierté sur le visage de mon père. Évadé d'un stalag de Poméranie, il avait rejoint les maquis de l'Ariège, combattu les nazis sous les ordres de Bigeard, un colonel qui officiait maintenant dans les Aurès et auprès duquel il se déclarait prêt à me recommander. La famille de Jacques disposait également de relations dans la hiérarchie militaire, et c'est par une lettre postée en Allemagne que j'appris qu'il y faisait ses classes avant d'intégrer le service médical des armées, au Val-de-Grâce. J'étais depuis une semaine dans un camp d'entraînement du sud-ouest de la France après une traversée du pays assez héroïque. Ma feuille de route m'enjoignait de me présenter à la gare d'Austerlitz, pour prendre un train de nuit en direction de Toulouse puis de Tarbes, et j'étais arrivé sous une verrière qui résonnait de cris et de protestations. Des groupes de civils, pourchassés par des gendarmes, tentaient de déployer des banderoles tandis que d'autres traçaient leurs slogans à la peinture blanche, sur le flanc des wagons : « Cessez le feu en Algérie », « Pas de renforts », « Non à la guerre ». Aidé par des cheminots en bleu de travail, un homme à la poitrine barrée par une écharpe tricolore est allé se

PAS DE RENFORTS
non à la guerre
CESSEZ le FEU EN ALGER
TIGNOUS

jucher sur le toit de la cabine de la locomotive. Il a commencé à haranguer la foule depuis son perchoir. La stridence du sifflet de la machine a figé l'auditoire. Ses mots, les mêmes qui dégoulinaient sur les parois des voitures, me parvenaient au gré des tourbillons de vent, des courants d'air avant qu'il ne soit délogé par un trio de sous-officiers. Il avait encore fallu dégager le fouillis de diables et de wagonnets jetés par les manifestants sur les rails, puis le convoi avait pu s'éloigner en longeant les entrepôts frigorifiques, l'usine d'air comprimé et les enfilades d'entrepôts, les montagnes de sable et de graviers du quai de la Gare, avec dans son sillage les paroles de *L'Internationale* que les conscrits chantaient à tue-tête aux fenêtres ouvertes.

La première semaine n'était pas écoulée que l'humeur rebelle avait déserté la grande majorité des esprits. La cérémonie de la boule à zéro, le port de l'uniforme, l'ambiance qui régnait dans les dortoirs y étaient pour beaucoup, mais c'était le fait d'avoir confié à chacun sa MAT 49, une petite mitraillette en tôle pliée, qui les avait soudés. Émerveillés, ils n'en revenaient pas, heureux comme des enfants découvrant leurs cadeaux au pied du sapin de Noël... Le lendemain, l'officier avait organisé un exercice de tir à balles réelles. Il avait pris soin de s'exposer en treillis de para devant la troupe, de s'arrêter face aux fortes têtes résiduelles pour les toiser. J'avais admiré son panache : ne rien dire et offrir sa poitrine. Il savait que les mots ne servaient à rien, que les meneurs n'oseraient pas rompre le garde-à-vous et

que cette inaction sonnerait définitivement le glas de leur influence sur leurs camarades. Quelques jours plus tard, nous nous tenions en file indienne sur le tarmac, à cinquante mètres de la carlingue kaki d'un Dakota dont le souffle des hélices nous obligeait à tourner la tête, à la rentrer dans les épaules. J'étais le

seul à avoir déjà eu l'occasion de grimper dans un avion, un baptême de l'air à bord d'un biplan à Toussus-le-Noble pour mes vingt et un ans. Là, dans ce matin frisquet, avec le casque sur le crâne, les rangers aux pieds, un parachute en boule sur le ventre, un autre dans le dos, je ne me sentais pas une âme de vétéran. La peur se lisait sur les visages quand nous avons reçu l'ordre de nous diriger vers la porte latérale de l'appareil, et deux recrues ont refusé de suivre le mouvement. L'instructeur les a fait avancer à grands coups de pied dans le derrière. Rien n'y a fait, ils se sont jetés à terre en pleurant, en criant, en implorant. On a fini par les laisser là, à ramper comme des vers, tandis que nous nous élevions dans les airs. Le sous-officier est venu vérifier le bouclage de nos harnais puis, à l'approche du premier saut, il nous a jugés dignes d'apprendre la prière du parachutiste.

Donnez-moi, mon Dieu, ce qui vous reste
Donnez-moi ce qu'on ne vous demande jamais
Je veux l'insécurité et l'inquiétude
Je veux la tourmente et la bagarre
Et que vous me les donniez, mon Dieu.

Il s'est relevé d'un coup :

— Allez debout ! Accrochez-vous !

Je me suis levé comme un automate et j'ai répété les gestes appris lors du stage, au cours des jours précédents. Prendre la sangle d'ouverture automatique, l'attacher au filin qui court en hauteur, tout le long de la carlingue. Nous nous sommes serrés les uns contre les autres, formant une monstrueuse chenille. Le vacarme a soudain baissé d'intensité, le pilote a réduit la puissance de ses moteurs. C'est dans ce silence

relatif qu'a retenti le premier « GO ». C'est là que tout se joue, que tout se juge, devant le trou béant. Pied gauche, pied gauche, pied gauche… La bestiole disparaît par tronçons. C'est déjà mon tour. Je hurle « Vive les paras » et bascule dans un monde inconnu,

bouche ouverte, les joues agitées de tremblements jusqu'à ce qu'un choc m'apprenne que, pour cette fois-ci, le parachute a rempli son office. Je danse maintenant au gré des courants, à la manière d'une poupée, d'une marionnette, profitant de ces instants de bonheur absolu où l'on domine la terre et les éléments. Jambes pliées, roulé-boulé, c'est fait, je suis un para !

Une jeep est venue nous récupérer dans les champs où le largage nous avait dispersés. Quelques minutes plus tard, le Dakota s'est posé à son tour. Il s'est dirigé vers son hangar alors que nous échangions nos impressions au bord de la piste, autour de la toile amassée. L'instructeur a sauté à terre. Jambes écartées sur le tarmac, il s'est mis à gueuler de toutes ses forces vers la porte de l'avion.

— Alors les gonzesses, la marche n'est plus trop haute, vous pouvez y aller maintenant ?

Une première silhouette, toujours affublée de son harnachement, s'est découpée dans le rectangle sombre. Le type s'est assis et s'est aidé des mains pour se laisser glisser vers la piste. Le deuxième s'est lancé les pieds joints. Entraîné par le poids de son équipement, il a fait un plat sur le ciment, provoquant un éclat de rire général. Le troisième, l'une des grandes gueules de la gare d'Austerlitz, a tenté de s'adresser à nous pour habiller sa lâcheté d'atours philosophiques, mais sa voix a été couverte par les sifflets et les quolibets. Avec les deux qui n'avaient même pas trouvé le courage de grimper dans la carlingue, nous disposions de cinq bonnes à tout faire. Le commandant aurait pu les faire muter directement dans un régiment de rampants. Il préférait respecter la tradition et les mettre à notre disposition jusqu'à la fin de nos classes. Les « gonzesses », personne ne les appelait plus autrement, s'occupaient du ménage dans les piaules, briquaient les chiottes, ciraient les chaussures, raccommodaient les boutons, les épaulettes, préparaient le café à nos retours de sauts ou de crapahutage. Au dos de leur uniforme était peinte l'infamante lettre « D » comme dégonflé. Une nuit, des cris étouffés m'ont sorti de mon sommeil. Dans un coin du dortoir, deux compagnons maintenaient l'une des mauviettes sur son lit, la face écrasée dans son polochon, pendant qu'un troisième se préparait à l'enculer en se faisant reluire. Je me suis tourné sur le côté et j'ai fermé les yeux. J'étais de ceux qui avaient sauté. Lui n'avait que ce qu'il méritait. C'est le lendemain qu'on nous a remis nos bérets rouges ainsi que la petite médaille figurant un parachute. Tout ce que nous avions vécu de différent n'existait plus. En quelques semaines, nous avions réussi à ne former qu'un seul corps dans lequel coulait un sang viril qui irriguait des muscles d'élite. Moi qui n'avais fréquenté que les bancs de la Sorbonne, je m'apercevais de l'existence de cette carcasse blême que les études avaient contingentée, je prenais conscience que le corps ne spécule pas, que sa vérité est éclatante, qu'il ne ment pas. C'est comme si, pendant des années, l'éducation avait mis cette machine parfaite en exil de moi-même. J'approuvais les paroles de l'instructeur quand devant une bière, au mess, il citait de mémoire les paroles de Hanns Johst : « L'homme n'est pas esprit, mais viande et sang. Les lois de la vie ne sont pas spirituelles, mais sanglantes. » Je riais avec lui lorsque,

après avoir passé son bras autour de mon épaule, il concluait : « Dès que j'entends parler de la raison, je sors mon revolver. »

Un train de nuit nous a amenés à Marseille. Nous avons passé une journée entière, parqués dans un coin

du quai de la Joliette, à regarder les dockers qui déchargeaient des forêts entières d'Afrique des entrailles d'un cargo pour dresser une muraille de troncs monstrueux entre l'horizon et notre groupe coiffé de rouge. Les rares regards qu'ils nous adressaient suintaient le mépris. On a fini par embarquer à bord du *Ville de Constantine*, un paquebot réchappé de la réforme qui terminait en transport de troupes une vie commencée dans le luxe. Si je ne ressentais pas d'émotions particulières en me jetant par la porte d'un avion, à huit cents mètres d'altitude, les premières oscillations du navire, dès qu'il fut en haute mer, m'obligèrent à me cramponner au bastingage pour nourrir les poissons de tout ce que j'avais avalé depuis la veille. C'est ainsi, le cœur au bord des lèvres, que je vis se dessiner les côtes africaines, se dévoiler la blancheur bleutée des collines d'Alger.

Tous les soldats s'étaient rassemblés vers la proue. Une clameur immense et joyeuse s'élevait des ponts pour saluer la ville. Elle cessa subitement, et avec elle l'atmosphère de croisière, quand le *Ville de Constantine* vint accoster près d'un bateau sanitaire sur lequel flottait le drapeau de la Croix-Rouge. Des brancardiers sortaient des blessés d'une file d'ambulances kaki et s'engageaient sur la passerelle suivis d'infirmières, de médecins, tandis qu'en parallèle la masse compacte des hommes valides foulait la terre française d'Algérie.

J'ai arrêté un toubib qui ressemblait à Jacques.

— Qu'est-ce qui s'est passé ?

Il a haussé les épaules, dans un geste fataliste.

— Il y a eu du grabuge à Philippeville.

C'est là que j'allais.

3

Nous n'avons pas vraiment eu le temps de nous acclimater. Deux plates-formes anti-mines chargées de sacs de sable précédaient la locomotive du train qui nous attendait dans la gare d'Alger. Derrière le tender bourré de charbon, d'autres sacs entassés protégeaient des mitrailleuses lourdes servies par des appelés en tenue d'été. Une foule de boutiquiers, de paysans, de femmes enveloppées dans du tissu blanc, d'enfants criards avait envahi les wagons, les soufflets, les marchepieds. Au-dessus des sièges en bois un amoncellement de paquets, de meubles, de paniers menaçait à chaque instant de chavirer. Il y avait aussi des poules dans des cages en osier, une chèvre au milieu d'une travée. Je n'avais jamais rien vu de tel en métropole, je ne parvenais pas à comprendre comment une telle humanité pouvait présenter le moindre danger pour une armée aussi puissante que la nôtre. On nous avait réservé les trois voitures, en bout de convoi, et des gendarmes en interdisaient l'accès aux vagues implorantes de voyageurs qui n'avaient pas trouvé de place à l'avant. Je suis allé m'installer dans le dernier compartiment, près de la porte qui donnait sur la voie et j'ai attendu l'heure du départ en lisant des bribes de *Nous avons pacifié Tigali*, un récit dans lequel un « officier du moral » d'une Section admi-

nistrative spécialisée racontait, au moyen de phrases sèches, son action de pacification dans un village de la Petite Kabylie. Pendant quelques kilomètres, la fumée blanche de la loco est venue s'effilocher au-dessus des vagues, puis les rails ont bifurqué vers l'intérieur des terres. Les plaines plantées de ceps, de vergers, de chênes-lièges ont laissé la place aux montagnes pelées, les ravines ont succédé aux accotements fleuris. La nuit tombait quand nous sommes arrivés à Constantine. Les civils ont franchi les barrages avec tout leur bric-à-brac. Le lieutenant nous a consignés dans la gare, en raison des combats qui avaient lieu en ville. Il a fallu camper sur les quais avant de repartir vers Philippeville, au petit matin. Un cheminot m'a confié que le commissariat du IIe arrondissement venait d'être attaqué à la grenade, que des bombes avaient détruit le restaurant Gambrinus de la rue Caraman, que le cinéma ABC n'était plus que cendres, qu'un inspecteur de police s'était fait abattre comme un lapin, rue Clemenceau, devant le Rio Bar.

— Après Sétif, en 45, on a été tranquilles pendant dix ans… On compte sur vous pour remettre le couvert. Il faut tirer dans le tas. La trique, il n'y a que ça qu'ils comprennent !

Le lendemain, dès la sortie des faubourgs, le tortillard s'est immobilisé avant de franchir un viaduc gardé par une cinquantaine de CRS casqués. C'est là que j'ai vu mes premiers morts, des corps en contrebas, brisés sur les rochers. J'ai cru apercevoir le cadavre d'une femme, mais peut-être était-ce seulement le drapé d'une djellaba. Plus loin, des wagons calcinés servaient de perchoir à des nuées de corbeaux repus, des colonnes de fumée noire, sculptées par le vent, montaient au-dessus des villages alentour.

À mi-chemin, nous sommes tombés sur un détachement de blindés légers, de GMC et de cargos Ford qui partaient ratisser le secteur des mines de fer d'El-Halia. D'après ce qui se disait, les cinq cents ouvriers algériens s'étaient ralliés aux moudjahidine qui avaient pris le contrôle des installations. Une vingtaine de contremaîtres européens, d'ingénieurs avaient été tués pendant les combats, une dizaine d'autres exécutés en représailles. On a fait réchauffer les gamelles sur des feux de bois, le long du ballast. J'ai partagé mon pain avec un caporal, un tourneur-fraiseur originaire de Nanterre qui traînait dans le djebel depuis plus d'un an.

— Quand on est passés, il n'y avait plus rien. Ils ont tout fait sauter… Il va falloir des mois pour tout remettre en marche. C'est pareil pour les carrières de marbre de Fil-Fila, pour les usines de liège de la presqu'île de Collo. Ils se sont réfugiés dans la montagne mais ils n'ont aucune chance : les commandos de chasse, avec leurs hélicos, vont les rabattre vers nous. Il ne nous restera plus qu'à les aligner, comme à la parade…

On les a laissés se déployer sur les contreforts en leur souhaitant bonne chance. Nous avons reçu notre baptême du feu cinquante kilomètres plus haut, alors que les toits de Philippeville se dessinaient à l'horizon. Des tirs de fusil ont fait voler en éclats les carreaux de la voiture dans laquelle je me tenais aux aguets, les mains crispées sur mon arme. Alors qu'aux lisières du sommeil, chaque soir, je m'imaginais montant seul à l'assaut de hordes fellaghas, à cet instant je demeurais immobile, tétanisé par la peur, incapable d'aucune autre initiative que celle

qui consistait à prendre sur mon torse la médaille de saint Michel, le patron des paras, pour la porter à mes lèvres et la mordiller. Une fois l'embuscade dépassée, je me suis lentement tourné vers le lieutenant, prêt à subir ses reproches. Mon regard a rencontré le sien, fixe, vitreux. Une balle lui avait arraché le haut de la boîte crânienne. Une matière sombre pendait sur sa tempe, sa joue, agitée par les soubresauts du train. Le colonel a ordonné l'arrêt du convoi, dès qu'il a jugé que nous étions en sûreté, afin de rendre hommage à notre premier tué au combat. Le toubib a replacé la cervelle dans la cavité, posé le béret amarante sur la blessure, puis nous avons formé les rangs devant le corps allongé sur une civière de toile kaki. La sonnerie aux morts est venue déchirer le silence que seul troublait le halètement de la locomotive au repos. Les larmes ont gonflé les paupières quand la voix du colonel a prolongé les accords du clairon.

— La mort est belle à celui qui sait combattre. Elle est belle car elle est l'ultime station dans la recherche de l'absolu. Vivre n'est rien, mourir est tout. Les traits du lieutenant Catinat sont apaisés. Il ne cherchait pas seulement à vaincre une poignée de Bédouins, mais à approcher cet objectif impossible, inaccessible, qui se confond avec le sacrifice et la mort et que certains désignent sous ce nom : Dieu. « Oh Dieu, aidez-moi à finir en beauté sur cette piste ! » Elle est dans ces mots, sa dernière prière. Il est mort dans cette beauté, dans l'exigence de la jeunesse, et cette mort précoce l'a sauvé de la graisse épaisse de la maturité. Cette mort l'a préservé du déclin de la chair, de cette décrépitude du vieillissement par laquelle les héros sont déchus de leur supériorité.

Nous avons porté sa dépouille jusqu'à la plate-forme pour la déposer devant les deux nids de mitrailleuses, comme celle d'un guerrier viking sur l'étrave de son drakkar. Notre chant s'est élevé tandis que nous regagnions les wagons de l'arrière :

France, ô ma France si belle
Pour toi je ferai merveille
Je quitterai père et mère
Sans espoir de les revoir jamais.

Nous n'étions plus les mêmes quand, pour la deuxième fois, l'obscurité est venue recouvrir notre existence africaine. Une rage muette consumait nos énergies et, dans le secret de nos consciences, nous avions tous prêté serment de venger Catinat. Dans les salles de change où se négocie la vie humaine, le soldat d'élite vaut de l'or, et cette année-là le meurtre d'un parachutiste par un terroriste embusqué devait nécessairement coûter un minimum de cinquante morts aux insurgés.

La gare de Philippeville était elle aussi en état de siège. Aucun train n'avait pris le départ depuis le début de matinée. Le nôtre était le seul à avoir pu se frayer un chemin dans une région qu'on nous présentait comme tenue par les groupes rebelles. L'avion d'Air France, en provenance d'Alger, avait essuyé des tirs alors qu'il approchait de l'aéroport de Valée, à huit kilomètres. Il avait dû aller se poser à Bône. Le quartier des Aurès était toujours aux mains d'un déta-

chement de l'Armée de Libération nationale qui, selon la rumeur, y avait établi un poste de commandement. Pour nous, les ordres sont superflus. C'est

une seule masse, revêtue de la tenue bariolée sur laquelle flottent les auréoles rouges des bérets, qui déboule rue de Paris dont plusieurs façades sont

décorées de drapeaux indépendantistes. Les mitraillettes crachent leurs rafales sur les devantures des boutiques, les terrasses des cafés maures. Les grenades fracassent les baies vitrées, les verrières. On saute des étages, on s'enfuit en courant, on tente d'implorer une pitié qui nous a désertés… Une seule réponse, le doigt qui blanchit sur la détente, qui se vide de son sang comme le visage de Catinat sur sa civière. Une sombre joie m'envahit quand je me surprends à compter les cadavres qui jonchent les trottoirs, la chaussée : nous n'avons fait que la moitié de notre travail de mémoire. J'entends des cris derrière une porte que griffent les trois lettres de FLN. La semelle de mes rangers fait éclater le bois de l'encadrement. Je n'ai pas le temps de réaliser que deux femmes et un vieillard me font face qu'ils ne sont déjà plus. Un gamin dissimulé par une tenture se met à hurler, et c'est quand je lui tire une balle entre les deux yeux qu'un éclair illumine le gourbi. Je me retourne. Un autre éclair, tout aussi fulgurant, m'éblouit. J'ai besoin de quelques secondes pour réaliser qu'ils proviennent de l'appareil photo que tient un type barbu d'une trentaine d'années dont la silhouette se découpe en ombre chinoise dans l'encadrement de la porte.

— Vous êtes qui ?

— Jim Keller, du *New York Herald*…

J'ai tendu la main vers lui.

— Nous sommes en opération. Vous n'avez pas le droit de faire de photo. Donnez-moi cet appareil !

Il a reculé vers la rue où passent d'autres soldats de mon unité.

— C'est hors de question. Je pense surtout que c'est vous qui n'avez pas le droit de tuer des femmes et des enfants…

Je relève le canon de ma mitraillette vers son torse. Ce n'est pas son refus qui a décidé de son sort, mais la moue méprisante qu'il a laissée traîner sur ses lèvres. La rafale disperse les pièces du boîtier, le verre concave du flash, puis il s'affaisse sans un râle sur son scoop inutile.

4

Notre camp de base provisoire se trouvait à la périphérie de Philippeville, dans une ferme proche du champ d'aviation dont les rebelles venaient de dynamiter une partie des équipements. Notre univers se résumait à une dizaine de tentes marabout dressées dans la cour, aux installations en dur, pour la logistique. Dès notre arrivée, des patrouilles ont sécurisé la zone afin que le premier zinc en provenance d'Alger puisse se poser sans encombre. Il est reparti sans avoir coupé les moteurs, emportant le corps de Catinat que sa famille réclamait, en Vendée. Le lieutenant Guillaume qui le remplaçait m'a convoqué dans l'ancienne salle à manger transformée en poste de commandement. Il finissait de lacer ses chaussures de saut quand je suis entré. Il s'est redressé pour saisir un journal posé sur la longue table de campagne, l'a brandi devant mes yeux. J'ai tout de suite reconnu les traits du photographe sous le titre qui barrait la page d'*Alger républicain*. « Disparition de Jim Keller : l'armée soupçonnée. »

— Ce n'est pas comme ça que ça aurait dû se passer… Je m'excuse…

Ses doigts se sont crispés sur le papier.

— On ne s'excuse jamais de ce qu'on fait chez les paras. On ne pleurniche pas. Jamais, vous entendez ? Jamais ! Il n'y a que ce torchon communiste qui ose nous montrer du doigt. Ils ne perdent rien pour attendre. Je vous donne l'ordre de ne répondre à aucune question, d'où qu'elle vienne. La position officielle tient en deux points. Primo : que cet Américain a été tué lors d'échanges de tirs avec les fellaghas, et deuxio : que certains tentent d'exploiter cet incident au moment où l'action que mène la France en Algérie est discutée à l'ONU. Compris ?

La question n'appelait pas de réponse. Il m'a retenu en posant une main sur mon épaule alors que je m'apprêtais à quitter la pièce.

— J'aurais agi de même, à votre place. Il n'y a que ceux qui sont sur le terrain qui peuvent comprendre. Si cela avait été un journaliste français, vous auriez pu rester ici, avec nous… Mais avec les Américains, c'est beaucoup plus délicat. Le *New York Herald* ne va pas nous lâcher aussi facilement. Le mieux serait que vous vous perdiez quelque temps dans la nature. Prenez votre paquetage, mettez-le dans une jeep.

Le commandant Daresse vous attend à Philippeville, faubourg de l'Espérance.

Les rues portaient toujours les stigmates des combats des jours précédents. Des bâches, des morceaux de tôle ondulée, des feuilles de contreplaqué occultaient les devantures détruites ; des ouvriers de la voirie débitaient à la scie les platanes, les ormes, les palmiers que les hordes d'insurgés avaient abattus sur la chaussée pour interdire le passage des blindés légers. Les uniformes de toutes les unités présentes dans la région, paras coloniaux, légionnaires, fusiliers marins, se croisaient sur les trottoirs, armes en bandoulière. Les rares musulmans qui avaient osé sortir rasaient les façades, la tête basse. L'immeuble que m'avait indiqué le lieutenant Guillaume n'était signalé par aucune plaque. Une inscription délavée par l'air marin, au-dessus de la porte d'entrée, rappelait que ça s'était appelé, un temps, « Pension Hernandez ». Dès le hall en rotonde tendu de velours rose où trônait une fontaine, on s'attendait à voir surgir des filles à la poitrine offerte, mais c'est une ordonnance au visage barré d'une moustache épaisse qui a fait irruption. Je l'ai suivi à travers un vaste salon aux murs couverts de miroirs que surmontait une loggia qui ouvrait, elle-même, sur une dizaine de chambres. Le commandant Daresse, un homme court sur pattes au regard fiévreux, les joues ravagées par la petite vérole, occupait la suite Pompadour et des piles de dossiers, des plans dépliés masquaient le bidet, le lit à baldaquin. Il s'est assis dans un fauteuil faux style, m'a désigné une bergère. Il m'a observé un bon moment en silence avant de hocher la tête.

— Je crois que notre intérêt commun est de vous soustraire à la curiosité malsaine pendant quelques mois. Vous allez être muté provisoirement chez moi, au Groupe mixte d'intervention. Quand tout sera rentré dans l'ordre, vous serez de nouveau affecté à votre unité d'origine. J'ai étudié le dossier de la sécurité militaire. Une chance pour nous que vous ayez fait le con à l'Olympia ! On ne manque pas d'éléments qui savent bien manier l'épée, mais pour ce qui est de la plume, c'est beaucoup plus rare...

Il a parlé sans faire la moindre pause pendant un bon quart d'heure, m'expliquant que le GMI avait pris la suite du Groupement de commando mixte aéroporté, une compagnie de renseignement et d'exploitation formée pendant la guerre d'Indochine pour mener des opérations combinées de guérilla, d'infiltration, d'intoxication.

— Vous allez travailler dans le bled, avec des Kabyles et des Arabes qui nous sont totalement dévoués. Votre rôle est de développer l'action psychologique, de permettre aux populations de choisir leur intérêt autrement que sous la menace du couteau des égorgeurs. Vous vous occuperez de toute la partie « intellectuelle » du boulot... Il faut bien que ça serve à quelque chose, les études en Sorbonne !

Je suis resté une dizaine de jours hébergé dans une des chambres de la « Pension Hernandez », sans pouvoir mettre le nez dehors, ingurgitant du matin au soir les rudiments nécessaires à l'accomplissement de ma nouvelle mission. Des officiers détaillaient à ma seule intention les techniques permettant de porter la lutte dans les cœurs, les intelligences, les volontés.

— Il est possible de miner la détermination de nos adversaires, et trouver dans leurs rangs des complices, voire des alliés. Si nous gagnons la confiance des populations, nous assécherons le vivier dans lequel baignent les terroristes, et ils devront remonter à la surface pour chercher de l'air. C'est à ce moment-là, et à ce moment-là seulement que nous pourrons les frapper définitivement, les anéantir.

Une fois l'instruction théorique terminée, un avion de reconnaissance m'a conduit à une centaine de kilomètres de Philippeville, au cœur d'une région que les efforts des services de propagande, sous les ordres d'un ancien des Forces françaises de l'Intérieur, le capitaine Fleicher, avaient maintenue en dehors de l'insurrection. Je m'extirpais à peine de la carlingue que j'étais déjà dans le bain. La réussite de la première phase de l'insurrection comme la prise du commissariat, de la gendarmerie et du camp militaire d'El-Kroubh, le siège de la sous-préfecture de Guelma ou la rafle effectuée dans le dépôt d'armes

Bernabé de Constantine, fragilisait l'équilibre précaire atteint après une année entière d'investissement humain sur le terrain. Le capitaine s'est arrêté près du hangar où un mécanicien contrôlait le moteur d'un Piper. Il m'a montré le paysage de collines qui nous entourait.

— Les musulmans ont la religion de la force. Dans tous les villages, tous les douars, toutes les mechtas, placés sous ma responsabilité, je les ai convaincus de notre invincibilité sans, pratiquement, tirer un seul coup de feu. Je me suis contenté de faire voler des avions de chasse en rase-mottes au-dessus des maisons, de faire défiler mes hommes dans les ruelles au moindre incident, d'organiser des rassemblements pour distribuer des boîtes de conserve, des cigarettes et les rendre réceptifs à nos arguments. Avec ce qui vient de se passer, il faut repartir de zéro. Je sais que d'autres sont tentés par des méthodes plus expéditives, mais ici la directive première reste la persuasion.

Je me suis installé dans un préfabriqué entouré par des haies de caroubiers et sur lequel un antique figuier projetait son ombre. Mon premier travail a consisté dans la rédaction d'un tract que le pilote du Piper est chargé d'aller larguer dès le lendemain matin au-dessus des maisons. Sur le recto du stencil, j'ai tracé au normographe les lettres majuscules du message : « LES COMPLICES DES REBELLES, EUX AUSSI, SERONT PUNIS. PARLONS ! » Zamoun, l'assistant qu'on

m’a affecté, s’est ensuite appliqué à le traduire en calligraphie arabe avant de le graver de la pointe de son stylo.

Au verso, j’ai composé un texte plus explicite : « Des étrangers sont venus vers vous. Ils vous ont dit : “Nous combattons pour l’Islam et nous vous

apporterons la paix et la prospérité." Ce ne sont que des orgueilleux, des fils de Satan, des menteurs et des criminels. Ils ne vous amènent que le sang,

la douleur, la misère. Rejetez-les loin de vous. Faites confiance à la grande France. Elle est fière et généreuse, et c'est pour cela que Dieu l'aide. »

Nous avons passé une partie de la nuit à les tirer par milliers dans la pièce attenante qui abritait une ronéo Gestetner, un stock de papier et d'encre ainsi qu'un atelier de sérigraphie, pour l'édition d'affiches. Des mois de découverte intense de la région, de ses habitants ont suivi, avec la compagnie des « haut-parleurs ». Il s'agissait d'une unité composée d'une cinquantaine d'hommes placés sous les ordres d'un capitaine issu des SAS. Nous disposions de deux camions Berliet tout-terrain, d'une flottille de jeeps sur lesquelles avaient été aménagées les installations : magnétophones à bandes, micros, amplificateurs, haut-parleurs. Nous alternions les discours directs, que j'écrivais, et les enregistrements de textes vantant la grandeur de l'œuvre accomplie par la France en Algérie. En fin d'après-midi on rassemblait la population pour rendre hommage aux anciens combattants algériens de la Grande Guerre, on exaltait le combat commun puis les enfants de l'école chantaient *Alouette* ou *Colchiques dans les prés*. À la nuit tombée, l'un des deux Berliet venait se placer à une vingtaine de mètres d'un mur clair ou d'un drap tendu entre deux piquets. Nous installions le projecteur sur le toit de la cabine avec ses câbles reliés à un générateur, puis nous projetions des bandes d'actualités du Service cinématographique des armées dont Zamoun traduisait les commentaires. Il y avait aussi des documentaires sur la puissance industrielle française ainsi qu'un dessin animé qui rencontrait un gros succès et impressionnait durablement ces paysans confrontés pour la première fois de leur vie à l'illusion cinématographique. On y voyait une horde de fellaghas affublés de têtes de sauterelles qui fondaient sur un village, molestant les femmes, emportant les récoltes, les bijoux, ravageant les champs, égorgeant les troupeaux, coupant les fils du téléphone, incendiant le dispensaire. Un militaire français équipé d'un diffuseur fly-tox apparaissait juste avant le générique pour disperser et asphyxier les prédateurs tandis que Zamoun assenait son texte : « Vous luttez contre les sauterelles, luttez aussi contre le fellagha, la sauterelle la plus nuisible. Soutenez la pacification ! »

5

Cette parenthèse rurale s'est refermée quatre mois plus tard, quand mes supérieurs ont jugé que le flot de dépêches en provenance d'Algérie avait définitivement submergé celle annonçant la mort du photographe américain. J'ai rejoint mon unité qui avait pris ses quartiers dans un ancien haras planté en lisière d'une véritable forêt d'oliviers, et bordé par le cours de l'oued Chédrid. Le dynamitage du

barrage de l'usine hydro-électrique, en amont, avait réduit son débit à un filet d'eau sablonneuse dans lequel, le matin, des cigognes venaient étancher leur soif. La végétation jaunissait sur des centaines d'hectares privés d'irrigation. De temps à autre, un incendie mangeait une parcelle délimitée par des canaux asséchés qui servaient malgré tout de coupe-feu. On avait renforcé les portes des stalles, et dans chaque réduit croupissaient cinq ou six rebelles ramassés dans le périmètre placé sous notre autorité. Deux équipes se relayaient pour les interroger dans le local qui, autrefois, servait de forge au maréchal-ferrant. J'ai à peine eu le temps de prendre mes marques que l'état-major a déclenché l'opération Lauterfing dont l'objectif consistait à démanteler les bases ennemies constituées dans le djebel après l'insurrection. Les hélicos nous ont déposés sur la crête des monts Dikrane, une barrière rocheuse qui dominait les trois grandes vallées, tandis que des avions de reconnaissance commençaient à sillonner le ciel à la recherche de groupes rebelles. Dès que nous repérions un guetteur ou les traces d'un bivouac, des chasseurs prenaient leur envol à Philippeville pour mitrailler la rocaille, larguer leurs bombes au napalm. Je n'ai pas eu le loisir de tirer un seul coup de feu, ce jour-là : tout ce que nous trouvions sur notre chemin était carbonisé, minéralisé. Le soir, nous avons établi notre campement près de celui d'un commando de chasse, bérets rouges et noirs mêlés, tartines de pain à la sardine, bière chaude et distribution de paquets de Bastos. L'un des types du commando s'est mis à dépouiller les cigarettes pour remplir de tabac une petite bourse confectionnée dans un cuir aussi mince que du papier. Quand elle a été pleine, gonflée, il l'a agitée devant nos yeux en riant.

— Il ne doit pas être content mon premier fell : le FLN lui interdisait de boire, de fumer, même de baiser à ce qu'on dit, et je viens une fois de plus de lui farcir les couilles de gris !

Il avait appris à tanner la peau humaine au Vietnam et s'est proposé pour nous fabriquer des souvenirs, blagues à tabac, crucifix en os de musulmans, colliers de dents ou d'oreilles. L'alcool aidant, je me suis inscrit pour un jeu d'osselets. Le lendemain, à l'aube, nous avons été réveillés par le souffle des hélicos. Il a fallu crapahuter à marche forcée jusqu'à l'entrée de la vallée de la Bilidja où ils avaient déposé des camionnettes Hotchkiss, des jeeps équipées de mitrailleuses, grâce auxquelles on a pu prendre de vitesse des rebelles, une dizaine, qui tentaient de briser l'encerclement. Ils sont sortis d'un chaos de rochers, les bras levés, en psalmodiant. L'aspirant Gaulier n'a pas pu se retenir. Il a eu le temps d'en descendre trois avant que le lieutenant dévie le tir de son fusil-mitrailleur en le bousculant de l'épaule.

— Tu ne peux pas attendre un peu !

Il a fait signe aux soldats chargés du matériel de transmission de le rejoindre. Les prisonniers ont vite compris ce qui les attendait en les voyant installer le générateur à manivelle sur une pierre plate. À l'aide d'un morceau de fil de fer, j'ai lié les poignets de celui qui paraissait le plus effrayé, avant d'arracher sa chemise, de baisser son pantalon. Gaulier a décapsulé une canette et versé un jet de bière sur l'entrejambe du fell, sur sa bouche.

— C'est mieux quand c'est humide !

Je lui ai tenu les mâchoires ouvertes tandis que l'aspirant accrochait la première pince crocodile à sa langue. Puis il lui a pris la queue à pleines mains, l'a tirée d'un mouvement brusque pour placer la deuxième sur le gland. La décharge initiale s'est muée en un hurlement tellement inhumain, l'agonie d'une hyène, qu'il nous a tous figés sur place, mais ce n'est que cinq minutes plus tard, après une série d'autres

élancements, qu'il nous a fait comprendre qu'il voulait parler. Hacène, notre interprète, a enlevé le fil d'entre ses dents et s'est penché pour entendre les confidences prononcées en arabe. Le même scénario s'est reproduit avec les autres prisonniers. Il ne nous a fallu qu'une petite demi-heure pour obtenir le nom du village, Aïn Douba, qui avait servi de base de repli à la katiba au cours de la nuit précédente. Le lieutenant a repéré le bled sur sa carte, appelé la base au téléphone, et nous avons pris place dans les véhicules, laissant les dix cadavres derrière nous, sous la surveillance aérienne des charognards. Quand nous sommes arrivés en vue du douar, l'aviation venait de terminer son deuxième passage en rase-mottes. Les bombes avaient éventré deux maisons de pierre et le petit minaret. Les lueurs orangées de l'incendie se mêlaient aux rougeoiements du coucher de soleil. Une horde de femmes, d'enfants, de vieillards fuyait sur le chemin en tentant de rassembler les chèvres, les mulets, les ânes, la volaille qui s'égaillaient dans la nature. D'une rafale, le capitaine a abattu une dizaine d'animaux puis il a tracé un cercle de balles autour des fugitifs.

— Je descends le premier qui passe cette limite !

Une femme portant un énorme baluchon s'est avancée en criant des phrases incompréhensibles dans notre direction. Le tir de la mitrailleuse l'a pratiquement sciée en deux. Les balles perdues ont atteint ceux qui se tenaient juste derrière elle. La meute s'est affolée, s'est éparpillée en tous sens mais pas un des fugitifs qui avaient franchi la frontière de feu ne s'en est sorti. Les jeeps ont progressé vers le village en roulant au ralenti. Le faisceau de leurs phares découpait sur les murs des ombres apeurées. Une fois les fuyards placés sous bonne garde, nous

TIGNOUS.

avons investi le village et fouillé méticuleusement chaque gourbi. Mallard a débusqué un vieux qui se planquait derrière un tas de bois, dans une soupente. Il l'a obligé à s'agenouiller devant sa maison et l'a égorgé d'un rapide coup de poignard. Il a essayé de retenir sa victime par les cheveux, le temps que la blessure pisse son sang par jets saccadés. Il s'est mis à rire quand le chèche lui est resté dans la main. D'autres traînaient un moudjahid blessé qui avait été dissimulé près d'une fosse à purin. Gaulier figurait parmi eux. Il a prélevé un entonnoir dans le fourbi jeté par les fenêtres, l'a maintenu dans la bouche du fell tandis qu'un de ses hommes allait emplir à ras bord des déjections des chevaux et des mulets le récipient d'une couscoussière. Au fur et à mesure des allers-retours du para de la fosse à l'entonnoir, le ventre du blessé gonflait, faisait craquer le tissu usé de la chemise, les boutons qui retenaient le pantalon. C'était une baudruche maintenant, sur laquelle ils se sont mis à sauter, pieds joints, jusqu'à ce qu'elle éclate. Des cris rauques, des gémissements ont attiré mon attention. Deux hommes maintenaient une fille par les bras tandis qu'un troisième s'échinait sur les épaisseurs de drap qui la recouvraient, rejetant les étoffes grossières sur le visage grimaçant. Il est enfin parvenu à découvrir les jambes, le bassin pour arracher le dernier obstacle, faire jaillir le noir luisant, le dessin de la fente et s'introduire en elle. Je n'ai pas pu m'empêcher de sourire au spectacle de ses fesses

blêmes qui tremblotaient dans les lueurs vacillantes des incendies, tandis qu'il bramait comme un cerf. Au moment de jouir, il a trouvé assez de réflexe pour saisir son arme et lui loger une balle dans le cœur.

Les représailles ont duré toute la nuit. Les hélicos sont revenus nous prendre au petit matin, avant que les bombes incendiaires des chasseurs n'effacent les traces de notre passage. Le capitaine avait sélectionné trois prisonniers qui ont été conduits, dès

notre arrivée, dans la forge du maréchal-ferrant. On en a attaché deux aux anneaux de fer, en suspension, et le dernier a eu droit à la poulie. Gaulier est venu les travailler après sa sieste au gourdin puis à la tenaille. Ils gueulaient tellement que, pour ne pas gêner le repos des soldats, on a rassemblé dans la pièce une demi-douzaine de transistors branchés au volume maximum, sur la même fréquence. La voix de Gilbert Bécaud, le Monsieur 100 000 volts de l'Olympia, parvenait avec peine à supplanter les cris.

J'ai besoin ce soir de tout oublier
J'ai besoin de te regarder danser
La cadence, danse, danse, de tes pas
Me grise et je ne sens plus autre chose en moi
Qu'un immense, mense, mense, feu de joie
Brûlant mon corps de haut en bas.

Ce soir-là, c'était à mon tour d'assurer la corvée de bois. Aidé de Mallard, j'ai fait grimper les trois rebelles à l'arrière d'un camion Hotchkiss, et nous avons pris la route de Maison-Bornelli, une ferme incendiée un mois plus tôt par les fellaghas. On a roulé un bon quart d'heure jusqu'aux limites de la propriété. Je suis resté assis sous la bâche où j'ai allumé une Bastos pendant que Mallard détachait leurs liens en leur expliquant qu'ils pouvaient partir, qu'avec eux au moins, on avait eu ce qu'on cherchait. Les trois hommes se sont éloignés d'abord sans conviction, certains que nous allions les tirer comme des lapins, puis ils ont commencé à y croire quand ils ont eu parcouru une centaine de mètres : ils se sont alors mis à courir. Mallard n'attendait que cela : il aimait la difficulté. Il a calé la crosse de son fusil à lunette dans le creux de son épaule, a posément placé

son œil sur le viseur avant de faire pression par trois fois sur la détente de l'arme automatique.

Pour revenir, on a pris un chemin qui traversait des champs d'alfa. Le ronflement du moteur faisait détaler des colonies de lièvres, de gangas, s'envoler des nuages de passereaux. Je me cramponnais en observant la manière dont une nuée s'organisait, juste après

l'envol, quand l'avant du camion s'est soulevé dans un bruit d'enfer. La dernière chose que j'ai vue, c'est la tête de Mallard, détachée de son corps, qui roulait sur le plancher métallique tordu par l'explosion. Il a fait nuit pour longtemps. Quand je me suis réveillé, dans une chambre d'un hôpital d'Alger, je n'ai pas compris pourquoi le drap du lit restait désespérément plat, après le renflement de mon ventre. Il a fallu qu'une infirmière me découvre, à l'heure de changer le bassin, pour que je m'aperçoive que j'étais cul-de-jatte.

6

Il pleuvait quand on a poussé mon brancard à roulettes sur la passerelle du navire hôpital en partance pour Toulon. Le *Ville de Constantine* venait d'accoster en saluant le port d'Alger de toutes ses sirènes, et des lycéennes en robe claire, les bras chargés de fleurs, accueillaient quelques milliers de soldats en bon état qui encombraient les quais avec leur barda. Dès mon retour en métropole, l'armée a essayé de me remettre debout. Je suis resté près de trois mois au Val-de-Grâce, le temps que des spécialistes de mécanique orthopédique bricolent des appareillages compliqués qui me labouraient les chairs, tuméfiaient mes moignons. Il ne restait pas grand-chose de ces muscles durs comme l'épée, de ce corps sculpté par des exercices inlassables, de cette souplesse de félin, de la hargne qui irriguait mes veines du temps où j'étais parachutiste et non paraplégique. Aujourd'hui, j'étais un paquet que l'on posait sur un lit, qu'on oubliait sur un canapé, qu'on suspendait le temps de

lui accrocher de la ferraille au derrière pour voir, si cette fois-ci, « il » supportait la prothèse. Et c'était peut-être ça le pire, ce « il » à quoi on m'avait réduit.

Les docteurs en machinerie humaine ont fini par renoncer. On m'a transféré aux Invalides où j'ai pu récupérer un prototype de voiturette dont la structure en aluminium nécessitait, pour se mouvoir, deux fois moins d'efforts que le modèle proposé par la Sécurité sociale. Mes parents m'encourageaient à reprendre des études à la Sorbonne, mais je fuyais la compagnie des jeunes gens, leurs regards, le mépris qu'ils affichaient pour les combattants d'une guerre sur laquelle ils crachaient. J'avais horreur de leurs chanteurs, horreur de leurs danses, horreur de leur façon de s'habiller et de penser. Mes compétences en organisation m'ont valu quelques propositions d'emplois réservés, des postes de travail adaptés à mon état : responsable de la brigade de surveillance de l'Arc de triomphe, directeur des réserves du Louvre, contrôleur général des huissiers de l'Hôtel de Ville de Paris, membre de la rédaction du *Journal officiel*... J'ai tout refusé et, inlassablement, j'ai renvoyé aux expéditeurs mes états de service, les lettres de recommandation de mes supérieurs, les copies de mes diplômes. J'ai fini par être convoqué au ministère de l'Intérieur par le responsable du service chargé du dépôt légal. Rien n'échappait à sa vigilance. C'est là, vers ses locaux encaustiqués, que convergeait tout ce qui se publiait dans le pays, les livres, les affiches, les manuels, les pochettes de disques, les modes d'emploi, les atlas, les jeux de cartes, les rébus et les blagues qui entouraient les Carambar. Je me suis avancé sur le parquet ciré et j'ai freiné au ras de son bureau qu'agrémentait un portrait photographique d'Ernest Pinard. J'ai actionné

la manette qui permettait de surélever mon siège afin de pouvoir le regarder droit dans les yeux tandis qu'il m'expliquait le fonctionnement de son département et ce qu'il attendait de moi.

— Pour travailler ici, il faut avoir une âme de collectionneur : une seule pièce vous manque et tout s'effondre. Nous avons accumulé davantage de documents que la Bibliothèque nationale, et cela au bénéfice exclusif de la défense des institutions. Si un étudiant de Perpignan ou de Béthune confectionne un tract en dix exemplaires pour féliciter nos troupes ou les critiquer, dans la semaine qui suit, l'un ou l'autre des tirages sera archivé par mes services. Nous disposons de correspondants dans tous les commissariats du pays, dans nombre d'organismes d'apparence plus neutre. Depuis toujours, nous rencontrons beaucoup de difficultés à nous assurer des soutiens discrets dans le monde ouvrier, les imprimeries particulièrement. Il s'agit d'un secteur sensible, je dirais même décisif, et c'est dans cette direction que je souhaiterais que vous portiez une grande partie de vos efforts. Le reste du temps, je vous demanderai d'aller au cinéma…

Mon nouvel emploi me permettait ainsi d'entretenir un rapport avec ce qui m'avait jadis passionné, et si je ne pouvais me revendiquer d'aucune œuvre personnelle, au moins possédais-je le pouvoir de peser sur celles des autres. Chaque matin à neuf heures, un chauffeur du ministère venait me prendre devant mon logement de fonction du boulevard Mortier, puis il me conduisait à Vincennes dans une minuscule salle de projection appartenant au Service cinématographique des armées. J'avais le loisir, avant même la réunion régulière de la commission de censure, de visionner seul les films dont les producteurs sol-

licitaient un visa d'exploitation. Équipé d'un ingénieux stylo muni d'une lampe miniature, je notais les scènes litigieuses, les dialogues faussement anodins qui cachaient un double sens, les allusions à l'actualité, les atteintes à la dignité de nos gouvernants. Mon rôle, officieux, se bornait à faire des propositions, mais elles avaient valeur d'ordres pour les fonctionnaires qui n'ignoraient pas que mon avis engageait le ministre de l'Information.

Ma première décision a consisté à réécrire divers échanges de *Bel Ami* que Roger Vailland avait, quelques années auparavant, adapté du roman de Guy de Maupassant et dont le metteur en scène, le communiste Louis Daquin, sollicitait une nouvelle sortie nationale. À la réplique : « Qu'en pensent les Algériens ? » à laquelle il était répondu : « Les Algériens, Madame, ne pensent pas », j'ai substitué un : « Qu'en pensent les plantes exotiques ? — Les plantes exotiques, Madame, ne pensent pas » du plus bel effet. Dans la foulée, j'ai transformé les « Bédouins » en « Bandits », la « frontière algérienne » en « frontière française », afin que ce bel ami devienne fréquentable. Dans *Avant le déluge* qu'André Cayatte situait, innocemment, en plein cœur de la guerre de Corée, je me suis contenté de remplacer son « Déchirez vos papiers militaires » par un plus anodin « Déchirez vos passeports ». Les sanctions les plus lourdes ont concerné une série de documentaires tournés de manière clandestine par un inconnu, Pierre Clément, avec l'appui direct du FLN algérien. Non seulement j'ai défendu l'interdiction totale et même la destruction de la pellicule de *Sakiet Sidi Youssef* et des *Réfugiés*, mais je me suis associé à la demande de procès contre ce propagandiste qui a abouti à sa condamnation à dix années de prison pour trahison. Plus tard, c'est grâce à mon analyse que *Le Petit Soldat* de Jean-Luc Godard a été écarté des salles de projection françaises pendant quelques années. Le cinéaste, suisse, s'était montré assez retors, assez pervers, pour faire de son héros un déserteur devenu partisan de l'Algérie française et victime, à ce titre, de tortures infligées par des indépendantistes algériens. Seul, à l'époque, le député Jean-Marie Le Pen avait vu juste en exigeant l'expulsion de Godard vers son pays d'origine. La note de synthèse que j'avais produite, pour démonter pièce par pièce le cynisme et l'irresponsabilité réels du film, a même servi de base de réflexion au ministre Louis Terrenoire pour instituer le contrôle préalable d'un projet dès l'écriture du scénario.

Chacune de mes après-midi était consacrée à l'édition. Les agents disséminés dans les villes et les villages traquaient la littérature subversive, raflaient des cartons entiers de titres prêts à être diffusés sous le manteau comme *La Question, La Gangrène* ou *La Pacification*. Nous avons ainsi pu saisir dès sa sortie le brûlot de Benoist Rey intitulé *Les Égorgeurs* et, sous le pseudonyme de « docteur Moreau », l'un de mes adjoints avait réussi à s'infiltrer dans la rédaction d'un des principaux journaux clandestins, *Le Courrier de la Vérité*, et à me procurer la liste de ses abonnés. Les effectifs d'un groupement professionnel de l'imprimerie, apolitique, qui s'opposait à la toute-puissance du Syndicat du Livre, m'avaient fourni un nombre suffisant de sentinelles pour connaître le contenu de tout ce qui tombait dans les recettes des presses, des rotatives. Je possédais toujours, de cette manière, un coup d'avance sur mes adversaires. C'est justement l'une de ces vigies qui m'a averti de l'impression en cours d'une abomination dont il ne pouvait me donner le titre : les feuillets mis en machine ne comportaient aucune indication du nom de l'œuvre, de son auteur. Précaution supplémentaire, la couverture devait être réalisée dans un atelier de reliure extérieur. À ma demande, il m'a fait parvenir quelques extraits du texte. Un porteur m'a remis une enveloppe anonyme qui contenait un cahier complet, une typographie soignée, Lubalin Graph, sur vergé ivoire :

Chaque meurtre raffine bientôt sur le meurtre ; ce n'est pas assez de tuer, il faut tuer d'une manière horrible ; et, presque toujours, sans qu'on s'en doute, le sentiment de lubricité dirige ces matières. […] Les Irlandais écrasaient leurs victimes… Les Norvégiens leur enfonçaient le crâne… Les Gaulois leur brisaient les reins… Les Celtes leur enfonçaient un sabre dans le sternum… Les Cimbres leur fendaient le ventre ou les jetaient dans des fourneaux ardents.

Les empereurs romains faisaient fouetter devant eux les jeunes vierges chrétiennes ; ils leur faisaient tenailler les tétons et les fesses avec des fers rouges ; on versait ensuite

de l'huile et de la poix-résine bouillante sur leurs plaies, et on leur seringuait dans tous les conduits de la nature. [...] Dans le temps des Dragonnades, on prenait les filles qui

ne voulaient pas se convertir, et, pour leur faire aimer la messe, on les remplissait de poudre, avec un entonnoir enfoncé par l'anus et la matrice. On les faisait ensuite sauter comme une bombe. Il est inouï combien cela leur

donnait de goût pour l'hostie et pour la confession auriculaire ! Comment ne pas aimer un Dieu, au nom duquel on fait de si belles choses ?

Toute l'histoire, racontée par un pape, était de cette eau : les Américains enfonçaient dans le canal de l'urètre un bâton hérissé d'épines et le tournaient avec délectation, le tyran Maxence faisait pourrir un vivant sur le corps d'un mort, à Ceylan on contraignait le condamné à manger des morceaux de sa propre chair… L'exécration qui naissait de la lecture de ces lignes était telle que j'ai décidé de prendre la tête du groupe de fonctionnaires chargés de la saisie. Des policiers ont bouclé le quartier où logeait l'imprimerie qui disposait de trois accès, rue Saint-Martin, rue de l'Aqueduc et place de Stalingrad. Je me suis avancé dans la cour pavée, à la tête de mes troupes, et la première personne que j'ai vue, en avançant les roues de ma voiture dans l'atelier, n'était autre que Jacques. Des images se bousculèrent dans ma tête, la boucherie chevaline familiale, place des Ternes, le steak qu'il découpait dans son assiette, tel un chirurgien, le corbillard arrêté devant la Sorbonne, les sièges arrachés de leur socle dans un Olympia dévasté… Il ne m'a pas reconnu immédiatement et s'est mis à hurler.

— Ce n'est pas ce que vous faites là-bas qui vous gêne… C'est quand on met des mots dessus !

Puis les souvenirs l'ont assailli, à son tour, et son regard a glissé de mes traits à l'absence. Je ne voulais pas de sa compassion, et il n'aurait pas droit à mon indulgence. J'ai fait demi-tour, d'un mouvement rageur, sans prononcer le moindre mot. Mes hommes ont ramassé les formes, les macules, les tirages, tout ce qui concernait l'édition d'*Histoire de Juliette*, un livre interdit de Donatien, Alphonse, François, marquis de Sade.

Je me suis marié, quelques mois après la fin de la guerre, et j'ai tout effacé. Ça revient par bouffées que j'ai appris à maîtriser quand, par moments, Bécaud passe à la radio.

DES MÊMES AUTEURS

Didier Daeninckx

Aux Éditions Gallimard

RACONTEUR D'HISTOIRES, *nouvelles* (Folio n° 4112).

CEINTURE ROUGE précédé de CORVÉE DE BOIS. Textes extraits de *Raconteur d'histoires* (Folio 2 € n° 4146).

ITINÉRAIRE D'UN SALAUD ORDINAIRE (Folio n° 4603).

CAMARADES DE CLASSE (Folio n° 4982).

PETIT ÉLOGE DES FAITS DIVERS (Folio 2 € n° 4788).

GALADIO (Folio n° 5280).

MÉMOIRE NOIRE (Folio Policier n° 594).

LE BANQUET DES AFFAMÉS (Folio n° 5646).

CORVÉE DE BOIS, en collaboration avec TIGNOUS (Folio n° 6038).

Dans la collection « Série Noire »

MEURTRES POUR MÉMOIRE, *n° 1945* (Folio Policier n° 15). Grand Prix de la littérature policière 1984 ; prix Paul Vaillant-Couturier 1984.

LE GÉANT INACHEVÉ, *n° 1956* (Folio Policier n° 71). Prix 813 du Roman Noir 1983.

LE DER DES DERS, *n° 1986* (Folio Policier n° 59).

MÉTROPOLICE, *n° 2009* (Folio Policier n° 86).

LE BOURREAU ET SON DOUBLE, *n° 2061* (Folio Policier n° 42).

LUMIÈRE NOIRE, *n° 2109* (Folio Policier n° 65).

12, RUE MECKERT, *n° 2621* (Folio Policier n° 299).

JE TUE IL..., *n° 2694* (Folio Policier n° 403).

Dans les collections « Page Blanche » et « Frontières »

À LOUER SANS COMMISSION.

LA COULEUR DU NOIR.

Dans la collection « La Bibliothèque Gallimard »

MEURTRES POUR MÉMOIRE. *Dossier pédagogique par Marianne Genzling, n° 35.*

TROIS NOUVELLES NOIRES, *avec Jean-Bernard Pouy et Chantal Pelletier*, lecture accompagnée par Françoise Spiess, *n° 194.*

Dans la collection « Écoutez lire »

MEURTRES POUR MÉMOIRE (4 CD).

Dans la collection « Futuropolis »

MEURTRES POUR MÉMOIRE. *Illustrations de Jeanne Puchol.*

Aux Éditions Denoël

LA MORT N'OUBLIE PERSONNE (Folio Policier n° 60).

LE FACTEUR FATAL (Folio Policier n° 85). Prix Populiste 1992.

ZAPPING (Folio n° 2558). Prix Louis-Guilloux 1993.

EN MARGE (Folio n° 2765).

UN CHÂTEAU EN BOHÊME (Folio Policier n° 84).

MORT AU PREMIER TOUR (Folio Policier n° 34).

PASSAGE D'ENFER (Folio n° 3350).

Aux Éditions Manya

PLAY-BACK (Folio n° 2635). Prix Mystère de la Critique 1986.

Aux Éditions Verdier

AUTRES LIEUX (repris avec *Main courante* dans Folio n° 4222).

MAIN COURANTE (repris avec *Autres lieux* dans Folio n° 4222).

LES FIGURANTS (repris avec *Cités perdues* dans Folio n° 5024).

LE GOÛT DE LA VÉRITÉ.

CANNIBALE (Folio n° 3290).

LA REPENTIE (Folio Policier n° 203).

LE DERNIER GUÉRILLERO (Folio n° 4287).

LA MORT EN DÉDICACE (Folio n° 4828).

LE RETOUR D'ATAÏ (Folio n° 4329).

CITÉS PERDUES (repris avec *Les figurants* dans Folio n° 5024).

HISTOIRE ET FAUX-SEMBLANTS (Folio n° 5107).

RUE DES DEGRÉS (Folio n° 5373).

RETOUR À BÉZIERS : RÉCIT.

Aux Éditions Julliard

HORS LIMITES (Folio n° 3205).

Aux Éditions Baleine

NAZIS DANS LE MÉTRO (Folio Policier n° 446).

ÉTHIQUE EN TOC (Folio Policier n° 586).

LA ROUTE DU ROM (Folio Policier n° 375).

Aux Éditions Hoëbeke

À NOUS LA VIE ! *Photographies de Willy Ronis.*

BELLEVILLE-MÉNILMONTANT. *Photographies de Willy Ronis.*

LA PUB EST DÉCLARÉE.

L'ÉCOLE DES COLONIES.

Aux Éditions Parole d'Aube

ÉCRIRE EN CONTRE, *entretiens.*

Aux Éditions du Cherche-Midi

LA MÉMOIRE LONGUE.

L'ESPOIR EN CONTREBANDE (Folio n° 5689). Goncourt de la nouvelle 2012.

LE TABLEAU PAPOU DE PORT-VILA. *Dessins de Joé Pinelli*, 2014.

NOVELLAS (Tome 1).

Aux Éditions Actes Sud

JAURÈS : NON À LA GUERRE !

Aux Éditions Perrin

MISSAK.

Aux Éditions de l'Atelier

L'AFFRANCHIE DU PÉRIPHÉRIQUE.

Aux Éditions du Temps des noyaux

LA RUMEUR D'AUBERVILLIERS.

Aux Éditions Eden

LES CORPS RÂLENT.

Aux Éditions Syros

LA FÊTE DES MÈRES.

LE CHAT DE TIGALI.

Aux Éditions Flammarion

LA PAPILLONNE DE TOUTES LES COULEURS.

Aux Éditions Rue du Monde

IL FAUT DÉSOBÉIR. *Dessins de PEF.*

UN VIOLON DANS LA NUIT. *Dessins de PEF.*

VIVA LA LIBERTÉ. *Dessins de PEF.*

L'ENFANT DU ZOO. *Dessins de Laurent Corvaisier.*

MISSAK, L'ENFANT DE L'AFFICHE ROUGE. *Dessins de Laurent Corvaisier.*

NOS ANCÊTRES LES PYGMÉES. *Dessins de Jacques Ferrandez.*

LE MAÎTRE EST UN CLANDESTIN. *Dessins de Jacques Ferrandez.*

LOUISE DU TEMPS DES CERISES : 1871, LA COMMUNE DE PARIS. *Dessins de Mako.*

MAUDITE SOIT LA GUERRE. *Dessins de PEF.*

Aux Éditions Casterman

LE DER DES DERS. *Dessins de Tardi.*

DERNIÈRE SORTIE AVANT L'AUTOROUTE. *Dessins de Mako.*

LA DIFFÉRENCE. *Dessins de Mako.*

LA CHUTE D'UN ANGE. *Dessins de Mako.*

Aux Éditions l'Association

VARLOT SOLDAT. *Dessins de Tardi.*

Aux Éditions Bérénice

LA PAGE CORNÉE. *Dessins de Mako.*

Aux Éditions Hors Collection

HORS LIMITES. *Dessins d'Assaf Hanuka.*

Aux Éditions EP

CARTON JAUNE ! *Dessins d'Assaf Hanuka.*

LE TRAIN DES OUBLIÉS. *Dessins de Mako.*

CANNIBALE. *Dessins d'Emmanuel Reuzé.*

TEXAS EXIL. *Dessins de Mako.*

LE RETOUR D'ATAÏ. *Dessins d'Emmanuel Reuzé.*

Aux Éditions Terre de Brume

LE CRIME DE SAINTE-ADRESSE. *Photographies de Cyrille Derouineau.*

LES BARAQUES DU GLOBE. *Dessins de Didier Collobert.*

Aux Éditions Nuit Myrtide

AIR CONDITIONNÉ. *Dessins de Mako.*

Aux Éditions Imbroglio

LEVÉE D'ÉCROU. *Dessins de Mako.*

Aux Éditions Privat

GENS DU RAIL. *Photographies de Georges Bartoli.*

Aux Éditions Oskar jeunesse

AVEC LE GROUPE MANOUCHIAN : LES IMMIGRÉS DANS LA RÉSISTANCE.

LA PRISONNIÈRE DU DJEBEL.

MORTEL SMARTPHONE, 2015.

Aux Éditions ad libris

OCTOBRE NOIR. *Dessins de Mako.*

LA MAIN ROUGE. *Dessins de Mako.*

Aux Éditions La Branche

ON ACHÈVE BIEN LES DISC-JOCKEYS.

Aux Éditions Jérôme Milon

BAGNOLES, TIRES ET CAISSES. *Dessins de Mako.*

Aux Éditions de l'Archipel

TÊTES DE MAURES (Folio Policier n° 756).

Aux Éditions Larousse

UNE OASIS DANS LA VILLE.

L'ESCLAVE DU LAGON.

KANAK ATTAK.

Aux Éditions Hugo Desinge

80'S : LE GRAND MIX. *Photographies de Pierre Terrasson, préface d'Alain Maneval.*

Aux Éditions Bruno Doucey

CACHÉ DANS LA MAISON DES FOUS.

TIGNOUS

Aux Éditions Gallimard

CORVÉE DE BOIS, en collaboration avec Didier Daeninckx, (1re éd. Liber Niger / Les 400 coups, 2002), 2015 (Folio n° 6038).

Aux Éditions Denoël

Dans la collection « Denoël Graphic »

TAS DE RICHES, 1999 (Folio BD n° 6045).

TAS DE PAUVRES, 2000 (Folio BD n° 6044).

BANLIEUES, TANT QUE ÇA TIENT, en collaboration avec Thomas Robache et Pierre Saragoussi, 1998.

IMPRESSIONS JAPONAISES : 9 DESSINATEURS AU JAPON, en collaboration avec Cagnat, Chenez, Delestre, Al, Margerin, Pessin, Plantu, Sergueï et Wolinski.

Chez d'autres éditeurs

ON S'ÉNERVE POUR UN RIEN, La découverte, 1991.

POURQUOI FAIRE SIMPLE, La découverte, 1993.

J'IRAI CRACHER SUR VOS ARBRES, éd. Safrat, Lire c'est partir, 1993.

MOTS D'AMOUR : PETITE HISTOIRE DES SENTIMENTS INTIMES, éd. Seuil, 1993.

AFFREUX, LE BÊTISIER DU FN, éd. Plein Sud, 1996.

TOUT NUCLÉAIRE, UNE EXCEPTION FRANÇAISE, éd. L'esprit frappeur, 1997.

LE GUIDE OFFICIEL DU POLITIQUEMENT INCORRECT, éd. Hors collection, 1999.

LETTRES D'INSULTES, éd. Le Cherche-Midi, 2002.

LE SPORT DANS LE SANG, éd. Emma Floré, 2006.

BÉBÉS CONGELÉS, CHIENS ÉCRASÉS, éd. Albin-Michel, coll. Bandes dessinées, 2007.

COÏNCIDENCES : NOS REPRÉSENTATIONS DU HASARD, éd. Vuibert, 2007.

DANS LES FORÊTS DE BAMBOUS, vol. 1, PANDAS DANS LA BRUME, éd. Drugstore, 2010.

LE FRIC, C'EST CAPITAL, éd. 12 bis, 2010.

5 ANS SOUS SARKOZY, éd. 12 bis, 2011.

GEORGES BRASSENS : DICTIONNAIRE DES COPAINS, AMIS, POÈTES ET DES PERSONNAGES, RÉELS OU FICTIFS DES CHANSONS, éd. du Layeur, 2011.

10 RAISONS DE NE PAS VOTER SARKOZY, éd. Les échappés, 2012.

L'AMOUR S'ENVOLE, LES ENFANTS RESTENT ! : GUIDE DE PREMIERS SECOURS POUR UNE SÉPARATION RESPONSABLE, éd. Scrineo, 2012.

DICTIONNAIRE IMPERTINENT DE LA GASTRONOMIE, éd. Nouvelles François Bourin, 2012.

TOUT EST PARDONNÉ, éd. Les échappés, 2015.

LE PROCÈS COLONNA, (1re éd. 12 bis, 2008), éd. Glénat, 2015.

MURS... MURS, éd. Glénat, 2015.

TIGNOUS, éd. Chêne, 2015.

LE CALENDRIER PERPÉTUEL TIGNOUS, éd. Chêne, 2015.

COMMENT RATER SES VACANCES, en collaboration avec Pascal Gros, éd. Chêne, 2015.

COLLECTION FOLIO

Dernières parutions

5764. Claude Lanzmann	*La Tombe du divin plongeur*
5765. René Barjavel	*Le prince blessé*
5766. Rick Bass	*Le journal des cinq saisons*
5767. Jean-Paul Kauffmann	*Voyage à Bordeaux* suivi de *Voyage en Champagne*
5768. Joseph Kessel	*La piste fauve*
5769. Lanza del Vasto	*Le pèlerinage aux sources*
5770. Collectif	*Dans les archives inédites des services secrets*
5771. Denis Grozdanovitch	*La puissance discrète du hasard*
5772. Jean Guéhenno	*Journal des années noires. 1940-1944*
5773. Michèle Lesbre	*Écoute la pluie*
5774. Michèle Lesbre	*Victor Dojlida, une vie dans l'ombre*
5775. Patrick Modiano	*L'herbe des nuits*
5776. Rodrigo Rey Rosa	*Pierres enchantées*
5777. Christophe Tison	*Te rendre heureuse*
5778. Julian Barnes	*Une fille, qui danse*
5779. Jane Austen	*Mansfield Park*
5780. Emmanuèle Bernheim	*Tout s'est bien passé*
5781. Marlena de Blasi	*Un palais à Orvieto*
5782. Gérard de Cortanze	*Miroirs*
5783. Philippe Delerm	*Monsieur Spitzweg*
5784. F. Scott Fitzgerald	*La fêlure* et autres nouvelles
5785. David Foenkinos	*Je vais mieux*
5786. Guy Goffette	*Géronimo a mal au dos*
5787. Angela Huth	*Quand rentrent les marins*
5788. Maylis de Kerangal	*Dans les rapides*
5789. Bruno Le Maire	*Musique absolue*

5816.	Italo Svevo	*La conscience de Zeno*
5817.	Sophie Van der Linden	*La fabrique du monde*
5818.	Mohammed Aissaoui	*Petit éloge des souvenirs*
5819.	Ingrid Astier	*Petit éloge de la nuit*
5820.	Denis Grozdanovitch	*Petit éloge du temps comme il va*
5821.	Akira Mizubayashi	*Petit éloge de l'errance*
5822.	Martin Amis	*Lionel Asbo, l'état de l'Angleterre*
5823.	Matilde Asensi	*Le pays sous le ciel*
5824.	Tahar Ben Jelloun	*Les raisins de la galère*
5825.	Italo Calvino	*Si une nuit d'hiver un voyageur*
5827.	Italo Calvino	*Collection de sable*
5828.	Éric Fottorino	*Mon tour du « Monde »*
5829.	Alexandre Postel	*Un homme effacé*
5830.	Marie NDiaye	*Ladivine*
5831.	Chantal Pelletier	*Cinq femmes chinoises*
5832.	J.-B. Pontalis	*Marée basse marée haute*
5833.	Jean-Christophe Rufin	*Immortelle randonnée. Compostelle malgré moi*
5834.	Joseph Kessel	*En Syrie*
5835.	F. Scott Fitzgerald	*Bernice se coiffe à la garçonne*
5836.	Baltasar Gracian	*L'Art de vivre avec élégance*
5837.	Montesquieu	*Plaisirs et bonheur et autres pensées*
5838.	Ihara Saikaku	*Histoire du tonnelier tombé amoureux*
5839.	Tang Zhen	*Des moyens de la sagesse*
5840.	Montesquieu	*Mes pensées*
5841.	Philippe Sollers	*Sade contre l'Être Suprême* précédé de *Sade dans le Temps*
5842.	Philippe Sollers	*Portraits de femmes*
5843.	Pierre Assouline	*Une question d'orgueil*
5844.	François Bégaudeau	*Deux singes ou ma vie politique*
5845.	Tonino Benacquista	*Nos gloires secrètes*
5846.	Roberto Calasso	*La Folie Baudelaire*
5847.	Erri De Luca	*Les poissons ne ferment pas les yeux*
5848.	Erri De Luca	*Les saintes du scandale*

5849. François-Henri Désérable *Tu montreras ma tête au peuple*
5850. Denise Epstein *Survivre et vivre*
5851. Philippe Forest *Le chat de Schrödinger*
5852. René Frégni *Sous la ville rouge*
5853. François Garde *Pour trois couronnes*
5854. Franz-Olivier Giesbert *La cuisinière d'Himmler*
5855. Pascal Quignard *Le lecteur*
5856. Collectif *C'est la fête ! La littérature en fêtes*
5857. Stendhal *Mémoires d'un touriste*
5858. Josyane Savigneau *Point de côté*
5859. Arto Paasilinna *Pauvres diables*
5860. Jean-Baptiste Del Amo *Pornographia*
5861. Michel Déon *À la légère*
5862. F. Scott Fitzgerald *Beaux et damnés*
5863. Chimamanda Ngozi Adichie *Autour de ton cou*
5864. Nelly Alard *Moment d'un couple*
5865. Nathacha Appanah *Blue Bay Palace*
5866. Julian Barnes *Quand tout est déjà arrivé*
5867. Arnaud Cathrine *Je ne retrouve personne*
5868. Nadine Gordimer *Vivre à présent*
5869. Hélène Grémillon *La garçonnière*
5870. Philippe Le Guillou *Le donjon de Lonveigh*
5871. Gilles Leroy *Nina Simone, roman*
5873. Daniel Pennac *Ancien malade des hôpitaux de Paris*
5874. Jocelyne Saucier *Il pleuvait des oiseaux*
5875. Frédéric Verger *Arden*
5876. Guy de Maupassant *Au soleil* suivi de *La Vie errante et autres voyages*
5877. Gustave Flaubert *Un cœur simple*
5878. Nicolas Gogol *Le Nez*
5879. Edgar Allan Poe *Le Scarabée d'or*
5880. Honoré de Balzac *Le Chef-d'œuvre inconnu*
5881. Prosper Mérimée *Carmen*
5882. Franz Kafka *La Métamorphose*

5909.	Marie Darrieussecq	*Il faut beaucoup aimer les hommes*
5910.	Erri De Luca	*Un nuage comme tapis*
5911.	Philippe Djian	*Love Song*
5912.	Alain Finkielkraut	*L'identité malheureuse*
5913.	Tristan Garcia	*Faber. Le destructeur*
5915.	Thomas Gunzig	*Manuel de survie à l'usage des incapables*
5916.	Henri Pigaillem	*L'Histoire à la casserole. Dictionnaire historique de la gastronomie*
5917.	Michel Quint	*L'espoir d'aimer en chemin*
5918.	Jean-Christophe Rufin	*Le collier rouge*
5919.	Christian Bobin	*L'épuisement*
5920.	Collectif	*Waterloo. Acteurs, historiens, écrivains*
5921.	Santiago H. Amigorena	*Des jours que je n'ai pas oubliés*
5922.	Tahar Ben Jelloun	*L'ablation*
5923.	Tahar Ben Jelloun	*La réclusion solitaire*
5924.	Raphaël Confiant	*Le Bataillon créole (Guerre de 1914-1918)*
5925.	Marc Dugain	*L'emprise*
5926.	F. Scott Fitzgerald	*Tendre est la nuit*
5927.	Pierre Jourde	*La première pierre*
5928.	Jean-Patrick Manchette	*Journal (1966-1974)*
5929.	Scholastique Mukasonga	*Ce que murmurent les collines. Nouvelles rwandaises*
5930.	Timeri N. Murari	*Le Cricket Club des talibans*
5931.	Arto Paasilinna	*Les mille et une gaffes de l'ange gardien Ariel Auvinen*
5932.	Ricardo Piglia	*Pour Ida Brown*
5933.	Louis-Bernard Robitaille	*Les Parisiens sont pires que vous ne le croyez*
5934.	Jean Rolin	*Ormuz*
5935.	Chimamanda Ngozi Adichie	*Nous sommes tous des féministes* suivi des *Marieuses*